Analyse de l'œuvre

Par Aurélie de Gerlache

L'art de la victoire

Phil Knight

lePetitLittéraire.fr

Analyse de l'œuvre

Par Aurélie de Gerlache

L'art de la victoire

Phil Knight

lePetitLittéraire.fr

Rendez-vous sur lepetitlitteraire.fr et découvrez :

Plus de 1200 analyses
Claires et synthétiques
Téléchargeables en 30 secondes
À imprimer chez soi

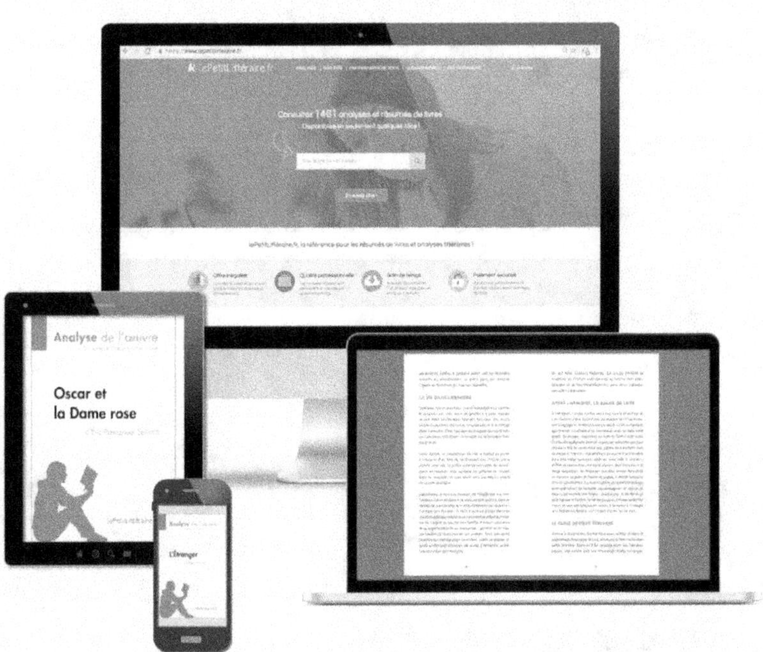

L'ART DE LA VICTOIRE

L'AUTOBIOGRAPHIE DU DESTIN EXTRAORDINAIRE DE PHIL KNIGHT : FONDATEUR DE LA MARQUE NIKE

- **Genre :** autobiographie
- **Édition de référence :** *L'art de la victoire. Autobiographie du fondateur de Nike*, Paris, Hugo et compagnie, coll. « Poche », 2018.
- **1ʳᵉ édition :** 12 janvier 2017
- **Thématiques :** sport, autobiographie, destin extra-ordinaire, histoire de la marque mondiale Nike.

À travers son autobiographie, Phil Knight relate son histoire et l'avènement de la marque Nike. Il revient sur son idée folle, alors qu'il n'a que 24 ans, de mettre sur le marché des chaussures d'une très grande qualité qui soient importées du Japon et vendues à un prix compé-titif aux États-Unis. Dans son œuvre, *L'Art de la victoire*, il revient en détail sur les évènements qui ont jalonné sa vie et celle de Nike. Les chapitres de l'œuvre s'articulent de « l'aube », de 1962 à l'année 1979, reprenant toutes les étapes de la création de son entreprise, à « la nuit », à partir de 2007, où il revient sur beaucoup des grands évè-nements qui ont marqué l'histoire de l'entreprise Nike, créée sous ce nom depuis le 31 décembre 1981. Phil Knight fait le choix de témoigner de son parcours non linéaire semé d'épreuves comme de réussites afin d'encourager les jeunes à suivre leur passion et à se battre pour la victoire. L'œuvre a été accueillie avec beaucoup d'engouement par les plus grands sportifs, notamment, mais délivre à tous un témoignage inspirant empreint de beaucoup de courage, de volonté, d'humilité et d'humanité.

PHIL KNIGHT

ÉCRIVAIN AMÉRICAIN

- **Né le 24 février 1938 à Portland (Oregon) aux États-Unis.**

Originaire de Portland, dans l'Oregon, il a effectué ses études secondaires à l'école Cleveland avant de s'inscrire à l'Université de l'Oregon où il obtient une licence en comptabilité et un diplôme en journalisme en 1959.

Phil Knight est un véritable passionné de sport et passe le plus clair de son temps au stade d'athlétisme où il pratique la course de fond. C'est là qu'il rencontre l'entraineur Bill Bowerman qui deviendra quelques années plus tard son associé. Il est également féru de jogging, une activité qu'il pratique régulièrement et qui sera à l'origine de l'idée de Nike. Côté études, il obtient en 1962 un MBA de la Stanford Graduate School of Business en Californie. Il y écrit un mémoire sur la façon de détrôner Adidas, leader mondial de la chaussure de sport. Sa conclusion : les entrepreneurs du futur sous-traiteront leur fabrication au Japon. Leur rôle se limitera à concevoir les produits et à gérer l'innovation et le marketing.

Aujourd'hui, nous sommes nombreux à porter des chaussures Nike, mais peu à connaitre son nom. Féru d'écriture, peu après avoir quitté le conseil d'administration de Nike en 2016, il se dévoile dans son autobiographie *L'Art de la victoire*. La fortune de Phil Knight est forcément indexée à la valorisation de l'entreprise et au cours de l'action Nike. En effet, le fondateur de Nike possède 9,3 % des actions de classe A de l'entreprise et 0,9 % des actions de classe B. Sa fortune varie chaque jour. Mi-avril 2021, elle est estimée à environ 50 milliards de dollars (« Phil Knight » [en ligne]).

RÉSUMÉ

L'« idée folle » traverse l'esprit de Phil Knight en plein jogging en 1962. Durant ses études, Philip Knight, surnommé « Buck », passe le plus clair de son temps dans les stades d'athlétisme de l'Oregon où il pratique le demi-fond. À 24 ans, à peine sorti de la *business school* de Stanford, le jeune Phil a une vision : mettre sur le marché des chaussures d'une très grande qualité qui soient importées du Japon et vendues à un prix compétitif aux États-Unis.

Alors que 90 % des Américains n'avaient encore jamais pris l'avion, Phil Knight décide de partir à la découverte du monde, celui dans lequel il a l'ambition de laisser une trace. Il se rend aux quatre coins de la Terre avec pour but ultime de voir le Parthénon, le temple d'Athéna Niké en Grèce et d'exposer son idée folle aux Japonais. Ses voyages l'ont fortement enrichi aussi bien culturellement que professionnellement. Imprégné de la culture japonaise pour en comprendre tous les secrets, il décroche son premier contrat avec l'entreprise Onitsuka. Il commande ainsi une douzaine de paires de chaussures, qu'il stocke dans le coffre de sa Plymouth Vaillant et cela grâce aux 50 dollars empruntés à son père lors de son retour de voyage.

Alors que Phil Knight veut impressionner son ancien coach de sport, Bill Bowerman, en lui proposant ses chaussures, ce dernier lui proposera de s'associer avec lui. En 1964, cette association inespérée et le succès que rencontrent ses chaussures permettent à Phil de passer une première commande chez Onitsuka de 900 paires de chaussures pour 3000 dollars en faisant son premier crédit (son père porté garant) à la First National Bank. C'est ainsi qu'avec Bowerman, ils développeront la marque Blue Ribbon Sports. Ils commencent ainsi la commercialisation des chaussures Tigres, vendus 7 dollars (contre 9 dollars pour Adidas) et deviennent petit à petit une référence chez les coureurs.

En 1965, Jeff Johnson, ami de Phil Knight retrouvé par hasard au bord d'une piste d'athlétisme, rejoint à son tour l'aventure en tant que vendeur et représentant de la marque. Rapidement, l'entreprise prend de l'ampleur et s'agrandit avec notamment Bob Woodell, athlète devenu infirme à la suite d'un accident. Les banques ne voient pas cela d'un bon œil en invoquant un taux de croissance trop rapide par rapport aux capitaux propres. Phil Knight devra se débattre avec ses banquiers pour obtenir les crédits nécessaires et enfin obtenir un contrat avec Onitsuka, mais devra néanmoins se résoudre à prendre un poste de comptable chez Price Waterhouse. Entre Blue Ribbon et son poste chez Waterhouse, il retournera au Japon plusieurs fois jusqu'à l'obtention d'un contrat exclusif avec Onitsuka qui déjouera ainsi la concurrence américaine Marlboro Man auprès des Japonais. C'est en 1967 que l'entreprise ouvre ses premiers magasins à Santa Monica puis en Californie. En 1968, il abandonne son poste de comptable pour un poste de professeur de comptabilité à l'université. C'est parmi ses élèves qu'il rencontrera Penelope Parks, dite Penny, qu'il engagera comme comptable de Blue Ribbon dans un premier temps et pour la vie ensuite puisqu'ils se marieront le 13 septembre 1968. Leur premier fils, Matthew, naitra en septembre 1969.

En 1971, alors qu'il croise le chemin d'une étudiante en art graphique, Carolyn Davidson, à qui il commande un logo pour 35 dollars, le fameux « swoosh » voit le jour. Si peu convaincus, Phil Knight et son équipe décident de donner un nouveau nom à leur entreprise : Jeff Johnson propose « Niké », à la suite d'un rêve qu'il a fait. Phil Knight se rappelle dès lors son voyage en Grèce, quand, devant le temple d'*Athéna Niké* (Athéna, la victorieuse), il avait eu une révélation qui allait changer sa vie à jamais. Pressentant une trahison dans leur contrat d'exclusivité avec Onitsuka, l'équipe Blue Ribbon va se tourner vers la maison de commerce japonaise Nissho. Avec un accord de pourcentage sur les ventes, ils scellent un contrat. C'est à cette époque aussi que Phil Knight se rapproche de Del Hayes, un conseiller financier. Cette relation les amènera à trouver de nouvelles usines. Les chaussures Nike ont rapidement gagné du terrain face à leurs concurrents (Adidas, Puma, etc.). En 1972, les ventes de chaussures Nike décollent. Steve Prefontaine, athlète de course de fond entrainé par Bowerman, est l'un des premiers ambassadeurs de la marque Nike. Phil Knight ne s'est jamais contenté des résultats qu'il obtenait et visait encore plus haut. Ses chaussures devaient être un réel symbole et une représentation de l'identité de Nike pour les consommateurs. Parallèlement, la société Onitsuka finira par se retourner contre Blue Ribbon et les activités parallèles de Nike en leur intentant un procès pour les mêmes raisons suspectées par Knight. Phil Knight se bat pour son entreprise comme pour son mariage. Penny connait son mari, la manière qu'il a d'être dans ses pensées et l'enjeu qui est le sien. Elle donnera naissance à leur deuxième fils, Travis, le 13 septembre 1973. Blue Ribbon se défendra grâce à Rob Strasser, un jeune avocat qui ne quittera plus l'équipe après avoir gagné le procès au terme de plusieurs semaines de jugement en avril 1974.

Très vite après cette victoire, de nouveaux problèmes de trésoreries surgissent, avec les prêts de la société Nissho à rembourser prioritairement et les relations des banques conservatrices à entretenir, Blue Ribbon est évincé par la Bank of California en 1974. Malgré le risque de faillite, la menace du FBI d'enquêter sur cette potentielle ruine et ce que cela allait entrainer pour Blue Ribbon et sa famille, Phil Knight parvient à tenir les rênes. Il se réfugie dans sa méthode d'introspection, en se posant la question : « Que sais-je ? ». Avec Hayes, Strasser, Johnsson, Bowerman et Woodell, ils traverseront cette nouvelle crise et éviteront de déposer le bilan grâce au soutien final de Nissho et de la seule banque qui ne leur a pas raccroché au nez, la First State Bank of Oregon. En 1975, une autre épreuve survient ; la mort accidentelle de leur ambassadeur et protégé, Steve Prefontaine. En 1976, alors que les problèmes financiers semblent être derrière eux, les modèles de chaussures deviennent de plus en plus performants et Blue Ribbon se tourne vers Taiwan et la Corée du Sud pour trouver de nouvelles usines, leurs usines étant essentiellement basées aux États-Unis et au Japon jusqu'à ce jour. Si l'aventure était professionnelle, elle est avant tout humaine et personnelle pour Knight, il dit dans son œuvre : « Nike n'était plus qu'une simple affaire de chaussure. Ce n'était plus simplement que je fabriquais des Nike, c'est que Nike me fabriquait » (p. 477). La discussion d'ouverture de capital était cruciale et sans cesse reportée par les « Buttface », expression inventée par Johnson lors d'une de leur retraite : « dans combien d'entreprises de plusieurs millions de chiffre d'affaires peut-on hurler "Hé, face de cul" et faire se retourner tout le top management » (p. 479). Et un consensus fut finalement trouvé entre eux, sans continuer de croitre, ils allaient disparaitre, il fallait ouvrir le capital.

En 1977, ils rencontrent Frank Rudy, ingénieur aérospatial avec qui ils conceptualiseront la Nike Air et sa semelle gonflée. À cause ou grâce à une contrefaçon bien imitée, un nouveau contrat avec l'usine coréenne en cause de la contrefaçon mettra fin à la dépendance vis-à-vis des usines japonaises. Avec l'émergence de slogans tels que : « Il n'y a pas de ligne d'arrivée », Nike innove en termes publicitaires, et cela en ne se focalisant plus sur le produit, mais plutôt sur la philosophie de celui-ci. Une nouvelle épreuve survient avec une dette d'arriérés de 25 millions de dollars des douanes américaines, soit leur chiffre d'affaires pour l'année 1977. Ce nouveau combat, ils doivent le mener jusqu'au bout au risque de disparaitre totalement. L'année 1978 est une nouvelle phase de remise en question pour Phil Knight qui repasse tout son parcours en vue, y compris celui du père qu'il est. Le moral de ses *Buttfaces* s'essouffle également et paradoxalement, hormis le dossier contre les douanes américaines, Nike est au top et dépasse même Adidas. Toujours à la pointe de l'innovation et entouré des meilleurs, Nike commence à fabriquer des vêtements afin de pouvoir approcher les sportifs, mais aussi la bourse de Wall Street.

En 1979, ils déménagent dans des bureaux de 4300 m^2, les chaussures Nike ont un succès considérable. À côté de cela, Phil Knight joue toutes ses cartes dont celle de la politique avec l'aide de l'avocat Robert Werschkul, dans l'affaire de sa dette vis-à-vis des douanes américaines. Alors que Knight s'implique directement, certain d'être dans ses droits et fidèle à ses valeurs, il règle les négociations avec le gouvernement américain en acceptant de ne payer finalement que la somme de 9 millions de dollars. L'affaire est derrière eux et ils peuvent ainsi conquérir le marché chinois comme ils l'envisageaient. Précurseurs encore cette fois, ils signent des contrats avec la fédération chinoise d'athlétisme et d'autres usines et deviennent ainsi le premier fabricant américain de chaussures à pouvoir faire du business avec la Chine. L'entreprise entre alors en Bourse le 2 décembre 1981 avec deux sortes d'actions ; les actions A, réservées au management, et les actions B, réservées au public, de sorte que Phil Knight et son équipe restent majoritaires. Le 31 décembre 1981, l'entreprise Blue Ribbon Sports prend officiellement le nom de Nike Inc. et devient le numéro 1 de la chaussure de sport aux États-Unis. En 2004, Philip Knight démissionne de son poste de chef exécutif de la société, mais demeure président du conseil d'administration de Nike Inc., pour reprendre ensuite le poste de Président Directeur Général de Nike Inc. en 2006.

Phil Knight termine son récit autobiographique en repensant à ce soir de 2007 où il a été, avec Penny, voir le film *The Bucketlist* avec Jack Nicholson et Morgan Freeman. À la sortie du film, ils ont croisé Bill Gates et Warren Buffett et ont souri en imaginant leurs « bucketlist » ainsi que la sienne, vide ou presque. Phil Knight évoque alors le siège mondial de Beaverton où sont logés, aujourd'hui, 5000 employés sur un campus idyllique parcouru de ruisseaux et parsemé de terrains de sport. Les bâtiments ont été baptisés du nom des femmes et des hommes qui ont offert leurs noms et leurs soutiens, mais parfois bien plus que cela. Il revient sur son rôle de père et sa relation plus difficile avec son fils ainé Matthew, mort lors d'un accident de plongée en 2000. Il repense au soutien indéfectible de ses parents. Il reprend les évènements qui ont entaché la réputation de Nike quant aux conditions de travail dans les usines pour fabriquer du caoutchouc ainsi que l'exploitation de la main-d'œuvre et explique comment ils ont fait pour montrer au monde qu'ils étaient irréprochables. Il décrit alors ce besoin de témoigner de ce parcours non linéaire où l'envie de gagner ne l'a jamais lâché. Porté par des valeurs humanistes et ayant foi en lui, il veut encourager les jeunes, particulièrement, mais également tout le monde à trouver sa vocation. Il dédie son autobiographie à ses petits-enfants.

ÉTUDE DES PERSONNAGES

PHIL KNIGHT

De nature timide, originaire de l'Oregon, s'il rêve de devenir un grand romancier, un grand journaliste ou même un homme d'État, son rêve ultime est de devenir un grand athlète. À 24 ans, après ses études et son service militaire, ayant du mal à définir qui il est en tant que jeune adulte, comme beaucoup de ses amis, il sait une chose ; il veut gagner ou du moins ne pas perdre, comme il le souligne. Au-delà des objectifs qu'on lui a inculqués tels que gagner de l'argent, fonder une famille, ou acheter une maison, ce qu'il désire par-dessus tout, c'est réussir. Il cherche quelque chose d'autre. Conscient de la courte durée d'une vie, il la désire passionnée et créative, il veut laisser une trace. Déterminé à concrétiser son idée folle, il part aux quatre coins du monde et s'imprègne de toutes les cultures. Il va jusqu'à apprendre le japonais, lire tout ce qu'il peut sur les généraux, les samouraïs et les shogouns, en plus des biographies de ses trois héros et repères : Churchill, Kennedy et Tolstoï. Il est fasciné non pas par la violence, mais par le leadeurship dans des conditions de guerre. Plus tard encore, parmi d'autres exemples, il s'exercera à tout lire et comprendre de la loi pour se défendre dans l'affaire des douanes américaines. S'il reconnait avoir beaucoup douté de ses idées, il aura toujours foi en son idée folle et en la victoire. Lors de son tour du monde, il sera très sensible à la culture japonaise, au culte du zen et ira puiser dans cette philosophie tout au long de sa vie. Il est fidèle à sa famille et admet avoir toujours cherché la fierté de son père. Cette figure paternelle, il la retrouvera chez son associé Bill Bowerman également.

Phil Knight est pensif et décrit clairement ses cheminements de pensées tout au long de sa carrière. Il parle de son fauteuil incliné, premier cadeau de Penny dans leur maison, berceau de ses pensées, de ses joies, mais aussi de ses désespoirs. N'ayant pas un leadeurship inné, il s'entourera des meilleurs avec une intuition et une confiance déconcertante. En effet, fidèle à son État d'Oregon d'origine, Phil Knight a engagé des collaborateurs dont la référence unique était, dans certains cas, d'être également originaire de l'Oregon. Il désire par-dessus tout être un père présent et malgré ses nombreux voyages et l'énergie qu'il a dû mobiliser pour son entreprise, il se réjouit d'avoir pu dès qu'il le pouvait lire des histoires à ses fils avant de les coucher. Flegmatique, il encourage peu ses collaborateurs, amis et partenaires, mais la confiance qu'il leur a vouée depuis le début représente selon sa philosophie bien plus qu'un encouragement. Il restera fidèle à ses valeurs humanistes jusqu'au bout de sa carrière, il veut donner la foi aux jeunes, il veut innover en améliorant la vie des autres et il y parviendra. S'il revient sur les signes du hasard, sur la chance et celle d'avoir été bien entouré, son humilité teintée de sa force de vouloir gagner et sa capacité d'adaptation font de Phil Knight un héros des temps modernes.

SON PÈRE, WILLIAM HAMPSON

William Hampson est issu d'une famille pauvre. Il a lutté pour vaincre son passé et devenir une personne respectable par le travail et les études en sortant deuxième de son école de droit. Devenu avocat, il était aussi l'éditeur de l'*Oregon Journal,* un excellent poste qui permettra de satisfaire les besoins matériels de sa famille en vivant dans une maison blanche coloniale dans la banlieue la plus paisible de Portland. À 28 ans, il rencontre sa femme Lota Hatfied. Il aime être admiré pour sa réussite, sa jolie femme, ses enfants, sa belle maison et ainsi inspirer le respect à son entourage pour sa bataille. Il se bat contre son chaos intérieur en se réfugiant dans l'alcool quand il est trop bruyant. Bien que l'idée folle et le désir de voyager de son fils ne répondent pas à sa conception de la respectabilité, il encourage son fils dans ce projet, car lui-même regrette de n'avoir pas voyagé. C'est lui qui prêtera les premiers 50 euros à son fils Phil pour sa première commande de chaussures aux Japonais. Cette somme symbolise bien le soutien discret mais indéfectible d'un père pour son fils.

SA MÈRE, LOLA HATFIED

Lota Hatfied a 21 ans lorsqu'elle rencontre le père de Phil, William Hampson, âgé quant à lui de 28 ans. Elle est mannequin vivant dans une boutique de vêtements. Amoureuse de la liberté, en perpétuelle quête de paix intérieure, grande et magnifique, elle a en commun avec son mari d'être issue d'un milieu pauvre ainsi que sa foi en leur famille. Son père était conducteur de chemin de fer. Ils ont ensemble trois enfants, Phil et, quatre ans plus tard, des jumelles, Jeanne et Joanne. Elle aime ses enfants et son fils en qui elle croit depuis toujours. Phil Knight se souvient que sa mère l'a toujours soutenu. À l'occasion d'un concours de saut en hauteur entre amis, elle n'hésitera pas à sauter elle aussi pour défendre son fils ni à contrer un avis médical qui empêcherait Phil de courir pendant de longs mois. Elle aime le sport et achète l'une des premières paires de chaussures de son fils. Phil Knight évoque aussi la source de motivation qu'a toujours été le fait de voir sa mère porter des chaussures de running japonaises en cuisinant.

BILL BOWERMAN

Entraineur à l'université d'Oregon, Bill Bowerman a toujours impressionné Phil Knight qu'il a entrainé pendant quatre ans à partir d'aout 1955. Le père de Bill Bowerman a été gouverneur de l'Oregon et ses grands-parents pionniers dans l'histoire de l'Oregon. Knight le décrit comme possédant une masculinité aux allures préhistoriques, un mélange de cran, d'intégrité et d'obstination. Héros de guerre et devenu l'un des plus célèbres entraineurs de course à pied d'Amérique, il décrit son travail comme une préparation aux batailles et aux compétitions qui se trouvent sur notre chemin. Vivant dans un ranch sur une colline surplombant le campus de l'université d'Oregon, il est le genre de personne que l'on préfère avoir dans son camp. Knight raconte comment, agacé par un chauffeur de camion peu scrupuleux des limites de vitesse aux abords de son ranch, Bowerman avait placé des explosifs dans sa boite aux lettres afin de faire peur au camionneur. Phil Knight évoque les sentiments mêlés d'amour et de crainte lorsqu'il parle de sa relation à Bowerman. Il décrit aussi la personnalité excentrique de Bowerman dans sa manière de coacher ses athlètes, et plus tard ses équipes. Bowerman sera le personnage clé aux côtés de Knight dans l'avènement de Nike. En effet, grâce à son métier, il a toujours pu tester les chaussures sur des sportifs de haut niveau et obtenir ainsi des avis pointus. Phil Knight raconte l'anecdote selon laquelle il aurait utilisé le gaufrier de sa femme pour faire des tests sur les semelles d'une chaussure afin de les rendre plus performantes. Bowerman aurait racheté d'autres gaufriers pour aller jusqu'au bout de son idée. La basket dite « Gaufre » a vu le jour. Très affecté par la mort accidentelle de Steve Prefontaine, l'un de ses protégés, il prendra sa retraite tout en restant conseiller et membre éminent des *Buttfaces* jusqu'à la fin. Il est mort lors du réveillon de Noël en 1999 dans sa ville natale de Fossil alors qu'il s'y était retiré avec sa femme.

JEFF JOHNSON

Jeff Johnson et Phil Knight se sont rencontrés à Stanford, il était en faculté d'anthropologie et se destinait à devenir assistant social. Il vendait des Adidas le weekend lorsqu'il a retrouvé Knight par hasard. Johnson, estimant les tigres de Knight plus performantes qu'Adidas, est devenu le premier vendeur sous-commission à mi-temps de Blue Ribbon. Il a fini par quitter son poste d'assistant social pour se consacrer à temps plein à Blue Ribbon. Il voulait gagner sa vie par-dessus tout et a cru dès le départ dans le potentiel des Tigres et de son ami Knight.

Parcourant les stades d'athlétisme avec son van pour vendre les tigres, il écrivait des lettres à Knight en attente désespérée de réponses et d'encouragements qui ne sont jamais venus, ou presque. Knight décrit son ami Johnson comme un grand lecteur, principalement de religion, philosophie, sociologie et anthropologie. Fraichement divorcé, au lieu de courir les bars de célibataires, Johnson court les embarcadères de Seal Beach à la recherche de poissons et créatures exotiques rares. Il a une pieuvre appelée « Stretch » à laquelle Knight repensera lors de ses déboires avec la bureaucratie américaine. Il est l'employé temps plein n° 1 de Nike depuis ses débuts. On dit qu'il y a eu en Europe des teeshirts : « Où est Jeff Johnson ? ». Divorcé deux fois depuis lors, il vit à présent dans les étendues du New Hampshire dans une ferme où courent d'innombrables dindons sauvages qui ont chacun un nom. Il a dans sa forteresse une immense bibliothèque.

BOB WOODELL

Athlète reconnu, devenu infirme à la suite d'un accident de char à l'université, il est le deuxième employé après Johnson et l'ami de Knight. Membre des *Buttfaces*, sa foi en Blue Ribbon, sa force de vivre et sa résilience face à son handicap ont fait de lui un des piliers du succès de Nike. Il vit aujourd'hui dans l'Oregon avec sa femme et a piloté son propre avion. Sa plus grande fierté avec Nike est son fils. Lorsqu'il a quitté Nike, Woodell est devenu le responsable des transports de Portland. Ironie du sort, un homme immobilisé devient gérant de tous les aéroports et des transports maritimes.

PENNY (PÉNÉLOPE PARKS)

Étudiante en comptabilité, elle rencontre Phil Knight alors qu'il est son professeur. Elle devient son employée et puis sa femme. Penny qui a grandi dans une famille nombreuse et une maison où régnait l'insécurité matérielle a choisi de faire des études de comptabilité ; c'était solide, fiable et sûr. La grande différence d'âge qui les sépare n'a pas eu raison de leur amour. Knight a demandé deux fois la main de Penny à Dot, la mère de cette dernière. Encore une fois, Knight s'est battu et a eu sa victoire. Leur mariage est heureux, mais Penny et Knight doivent apprendre à vivre ensemble, avec leurs deux fils et Blue Ribbon, membre à part entière de leur famille. Knight écrit qu'elle a de la personnalité et qu'il détient de la singularité. Elle a soutenu son mari à travers les épreuves en apprenant à apprivoiser ses pensées, ses absences et son désordre. Elle apparait au fil de *L'Art de la victoire* comme une force tranquille grâce à laquelle Knight a pu bâtir son empire.

RÉPONDRE À UN BESOIN DU MARCHÉ EN CULTIVANT SA PASSION

La success-story du fameux « swoosh », le logo de Nike reconnu aux quatre coins du monde, inspire tous les startupers d'aujourd'hui ; lier sa passion à un besoin du marché et chercher le moyen de générer un revenu durable grâce au projet. C'est un principe de vie que les grands entrepreneurs de notre époque tels que Steve Jobs, Warren Buffet ou encore Bill Gates ont suivi. Phil Knight, s'il ne se décrit pas comme un grand leadeur ni ne correspond à l'image que l'on s'en fait à travers son autobiographie, ne fait pas exception à cette règle. Parallèlement, le marché américain avait besoin de chaussures de course d'une meilleure qualité.

L'idée folle de vendre des chaussures de running japonaises aux États-Unis est née lors d'un footing matinal de Phil Knight alors qu'il a 24 ans. Ce qu'il désire avant tout, c'est de donner du sens à sa vie. Animé d'une envie irrépressible de révolutionner le monde, passionné de sport, son désir de victoire, son courage et sa persévérance en tant que sportif, mais aussi dans l'entreprise de concrétiser son idée, ne le quitteront pas tout au long de son parcours. Il va prendre des risques pour cela. Au début des années 1960, dans un climat post-Seconde Guerre mondiale, alors que voyager est peu répandu dans son entourage et aux États-Unis, il va s'envoler pour un voyage initiatique autour du monde avec comme apogée le Japon. Il veut découvrir le monde dans lequel il a l'intention de laisser une trace.

À ce moment-là, la course à pied n'est pas aussi répandue qu'aujourd'hui et est loin de faire l'unanimité. Si de nos jours, arpenter les parcs et les rues des villes en courant fait partie de la vie de beaucoup, au début des années 1960, c'est à un marché de niche que Phil Knight s'est attaqué. L'ambiance après-guerre américano-japonaise et le choc entre les cultures sont autant de défis que Knight surmontera. Initié à la façon de négocier avec les Japonais, c'est-à-dire selon une méthode douce, respectueuse et sinueuse, il n'a lors de ce premier entretien pas de nom d'entreprise ni même d'entité juridique. Le nom de Blue Ribbon naitra lors de ce premier échange à Kobe avec la société Onitsuka. Il fait référence au ruban bleu, signifiant le premier prix des compétitions auxquelles il concourrait lorsqu'il était jeune athlète.

Si la prise de risques fait partie de ses atouts, il a également la capacité de bien s'entourer, d'une part, mais aussi de cibler son public et d'aller là où celui-ci se trouve réellement, d'autre part. En effet, Bill Bowerman représente aussi sa légitimité et son entrée officielle dans le milieu sportif. Phil Knight créera ainsi petit à petit sa communauté et le bouche-à-oreille auprès de sa cible. La méfiance des banquiers, les moments de découragement, le procès avec les Japonais d'Onitsuka, les problèmes récurrents de manufacture, les échecs de certains modèles de chaussures, sa dette de 25 millions de dollars aux douanes américaines, la pression constante de la concurrence, les trahisons font aussi partie du parcours de ce succès, mais ont toujours été sublimés par ce talent et cette détermination hors du commun, de cultiver « l'art de la victoire » et de rebondir.

Au terme de son ouvrage, Phil Knight fait le bilan sans regret de son parcours et aimerait transmettre ce message aux jeunes, principalement quant à l'importance de trouver sa vocation : « Lorsque l'on suit sa vocation, la fatigue devient plus facile à supporter, les déceptions sont un carburant et les réussites ont une saveur exceptionnelle » (p. 616).

L'ART DE BIEN S'ENTOURER ET DE BIEN FORMER SES ÉQUIPES

Le succès de Nike ne tient pas qu'à un seul homme et l'ouvrage de Phil Knight le démontre très bien. Il reconnait dans son livre qu'il n'aurait pas pu y arriver seul. Il développe l'importance du rôle de son ancien coach sportif, Bill Bowerman, personnage clé de l'avènement de Nike, puis de son ami Jeff Johnson, premier employé et moteur dans le développement des ventes sur la côte Est, moteur de la première boutique de Santa Monica et enfin du développement dans le monde entier. Phil Knight revient dans son autobiographie sur le soutien de ses parents, mais aussi celui de sa femme Penny. Il rend hommage à sa famille des *Buttfaces* sans laquelle la marque Nike ne serait pas ce qu'elle est aujourd'hui ; son financier Del Hayes au surnom de *Doomsday* (Jugement dernier), Bob Woodell au surnom de *Deadweight* (poids mort), Johnson dit *Factor four* (facteur quatre, pour sa tendance à exagérer), mais aussi ses avocats Rob Strasser et Robert Werschkul. Tous ces profils atypiques et complémentaires seront impliqués et proactifs jusqu'au bout de l'aventure. Phil Knight rend également hommage à Masuro Hayami, ancien PDG de Nissho, cette société de commerce japonaise, sans le soutien financier de laquelle Nike était voué à disparaitre.

Phil Knight, timide maladif comme il se décrit lui-même, avoue avoir eu du mal à croire en toutes ses idées et reconnait avoir trouvé le pli en mettant en avant les initiatives des autres. Il décrit aussi très clairement les nombreuses lettres de Johnson implorant de la reconnaissance ou des encouragements, qu'il a laissées pour la plupart sans réponses. Il réussit en effet à motiver ses équipes au fil des années en favorisant « l'empowerment », c'est-à-dire le fait d'être non directif et non contrôlant et ainsi impliquer ses équipes en leur donnant du pouvoir et sa confiance. Il résume sa manière de diriger ses équipes à celle du Général Patterton, qu'il reprend à son compte : « Ne dites jamais aux gens comment faire les choses. Dites-leur ce qu'il faut faire et ils vous surprendront par leur ingéniosité » (p. 489).

Le fait de trouver une idée pas assez convaincante n'était pas un motif pour ne pas l'adapter. De la même manière, l'idée du logo de Nike n'a initialement pas convaincu Phil Knight, qui l'a tout de même adopté par respect pour le travail de la jeune étudiante Carolyn Davidson. La fameuse virgule (*Swoosh*) est devenue aujourd'hui l'un des symboles les plus connus au monde. Il embauche souvent ses employés sur unique recommandation de proches. Il a eu la chance ou le flair de recruter des personnes proactives et impliquées sans égos démesurés et se mettant au service de l'aventure. Phil Knight n'a pas hésité à challenger ses collaborateurs en les faisant régulièrement changer de postes, comme en 1973 où il demande à Woodell et Johnson d'échanger leurs postes et du coup de déménager chacun à l'autre bout du pays. L'équipe Nike a prouvé, à travers son essor, qu'elle était capable de s'adapter, de se renouveler, de ne pas rester figée et dès lors d'évoluer sans cesse.

Nike a également fait appel à des célébrités et des sportifs en tant qu'ambassadeurs tels que Michael Jordan, Tiger Woods, Pete Sampras, André Agassi et LeBron James pour augmenter la visibilité de l'entreprise, et cela malgré certaines galères. En 1977, alors que plus aucun joueur de tennis ne porte ses baskets, Phil Knight décide de se rendre au tournoi de tennis Wimbledon pour cibler de nouveaux talents en herbe comme John McEnroe alors qu'il n'a que 14 ans. Cette stratégie pertinente a porté ses fruits sur le long terme. Phil Knight rend hommage à beaucoup de ses sportifs devenus pour la plupart ses amis.

Ensemble, parce qu'ils croyaient dans le pouvoir du sport, ils ont transformé la vision d'un post-adolescent de 24 ans, et créé une marque et une culture dont l'influence sera mondiale.

UN EXEMPLE D'INNOVATION ET UNE RÉVOLUTION MARKETING

Grâce à Bill Bowerman, Knight a pu faire de nombreuses expérimentations sur les sportifs et ainsi améliorer sans cesse la performance de ses chaussures. Le fait d'ailleurs de cibler essentiellement des coureurs de haut niveau leur a permis d'avoir des retours pointus sur leurs produits tels que *la gaufre* dont la semelle amortit le choc.

Il est visionnaire lorsqu'il sort du domaine de la chaussure de running pour s'adapter à d'autres sports. Il l'est aussi lorsqu'il envisage que la chaussure de sport pourrait se porter tous les jours comme un article de mode. Il imaginera aussi développer des vêtements en plus des chaussures, notamment pour rivaliser avec d'autres marques, ce qui lui permettra de signer de gros contrats de sponsoring. Avec son désir d'explorer d'autres lieux de production que le Japon, il a été un précurseur en allant d'abord à Taiwan et en Corée du Sud et surtout en délocalisant ensuite sa production dans des usines en Chine alors que c'était encore peu répandu. Il s'est démarqué à plusieurs reprises en termes d'innovation, d'adaptation et de révolution.

Il devient également une véritable machine de marketing. Au début des années 1970, c'est le coureur Steve Prefontaine qui sera son premier ambassadeur. Un autre ambassadeur, Michael Jordan, fera le poids. Il créera un modèle spécial pour Michael Jordan, la Air Jordan, et cela juste avant que l'équipe de basket américaine ne remporte la médaille d'or aux JO de Los Angeles en 1984.

Il souligne ainsi le fait que montrer Michael Jordan est bien plus puissant en terme publicitaire qu'une capsule vidéo qui devrait expliciter le produit en 60 secondes. En 1987, Nike frappe les esprits en utilisant la chanson *Revolution* des Beatles et l'année suivante avec la création du slogan *Just do it* (« Fais-le, c'est tout »).

Aujourd'hui, avec la basket « Air Force One », Nike est l'une des premières marques à avoir permis au consommateur de créer sa propre basket. Il est possible de la personnaliser. Il donne à chacun le pouvoir d'être créateur de sa chaussure. Il redonne au consommateur son pouvoir personnel, ce qui lui permet de toucher un public encore plus large. On remarque ici encore son humilité avec la possibilité de « personnalisation », ce qui n'est pas le cas de toutes les grandes marques actuelles.

Ce destin hors du commun nous livre d'impressionnantes leçons de vie, que l'on soit sportif ou non, sa capacité de rebondir à travers les épreuves et de croire en lui et son intuition profonde sont très inspirantes pour toutes les générations. Car si beaucoup ont grandi avec Nike et son univers, prendre connaissance de ses débuts est marquant et c'est pour cela que Phil Knight a décidé d'écrire son histoire. Il veut encourager les jeunes entrepreneurs, les athlètes, les artistes à réfléchir à leur avenir et à trouver leur vocation profonde. De nature inspirée, réfléchie et spirituelle, il revient aussi sur le pouvoir de la chance. « Travailler dur est indispensable, disposer d'une bonne équipe est essentiel, la réflexion et la détermination sont cruciales, mais il est possible que ce soit la chance qui décide du résultat. Certains appellent cela autrement : *Tao,*

Logos, *Jnna*, *Dharma*, Esprit ou encore Dieu. Disons les choses simplement : plus dur on travaille, plus clément sera le *Tao* » (p. 617).

PISTES DE RÉFLEXION

QUELQUES QUESTIONS
POUR APPROFONDIR SA RÉFLEXION...

- Dans notre société où l'entrepreneuriat est grandissant, comment reconnaitre une bonne idée parmi tant d'idées ?

- Face à la mondialisation et aux enjeux climatiques, l'entreprise Nike a-t-elle suivi ces évolutions ? En quoi s'est-elle adaptée ?

- L'équilibre professionnel et privé est un atout dans le destin de Phil Knight, qu'en est-il de cet équilibre aujourd'hui ? Pourquoi ?

- La relation de Phil Knight avec les financiers et les banques est chaotique au fil de la construction de son entreprise. Les mentalités ont changé aujourd'hui. Les banques prennent plus de risques. Comment se positionner face au financement et au lancement d'un produit, d'un projet ?

- Et si la société japonaise Onitsuka avait respecté sa clause d'exclusivité, aurait-on vu émerger Nike ?

- Cette entreprise d'envergure mondiale est-elle attirante ? Avec l'émergence de multitude de startups, le modèle « Ne dites jamais aux gens comment faire les choses. Dites-leur ce qu'il faut faire et ils vous surprendront par leur ingéniosité » ne pourrait-il pas trouver une place dans les grandes boites ?

- Visionnaire du marketing en faisant porter ses chaussures par des sportifs célèbres ou avec l'invention du slogan « Just do it », peut-on voir en Knight le père des influenceurs d'aujourd'hui ?

- En donnant l'opportunité de personnaliser ses baskets, est-ce une stratégie marketing qui redonne au consommateur le choix ? Esclaves de la publicité et du marketing, comment retrouver son pouvoir créateur dans la mode aujourd'hui ?

- Aujourd'hui, trouver sa vocation est indispensable, devenir son propre employeur, mais on le voit aussi avec l'avènement des métiers de coaching et d'accompagnement professionnel. Comment les grandes entreprises peuvent-elles répondre à cela ? Nike est-il un modèle ?

POUR ALLER PLUS LOIN

ÉDITION DE RÉFÉRENCE

- Knight P., *L'art de la Victoire*, Paris, Hugo Doc, collection « Poche », 2017.

ÉTUDES DE RÉFÉRENCE

« Phil Knight » in wikipedia.org, consulté le 1er novembre 2021. URL : https://fr.wikipedia.org/wiki/Philip _ Knight _ (Nike)

Votre avis nous intéresse !
Laissez un commentaire sur le site de votre librairie en ligne
et partagez vos coups de cœur sur les réseaux sociaux !

lePetitLittéraire.fr

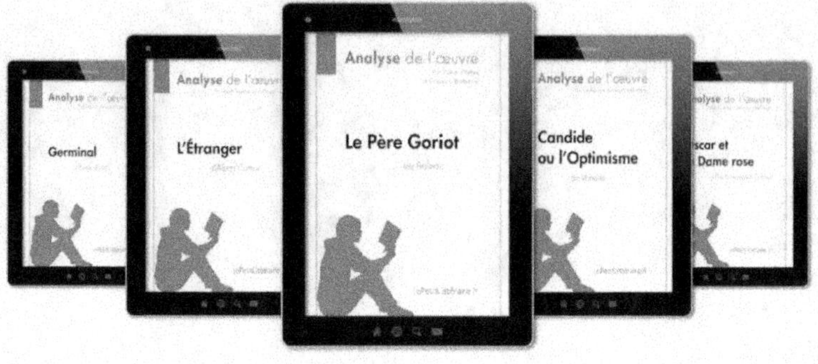

- un résumé complet de l'intrigue ;
- une étude des personnages principaux ;
- une analyse des thématiques principales ;
- une dizaine de pistes de réflexion.

**Retrouvez
notre offre complète sur
lePetitLittéraire.fr**

www.lepetitlitteraire.fr

ISBN version numérique : 9782808025713
ISBN version papier : 9782808025720
Dépôt légal : D/2021/12603/126

Conception numérique : Primento,
le partenaire numérique des éditeurs.